La PETITE FILLE qui voulait voir le DÉSERT

Un conte d'Australie raconté par Annie Langlois
Illustré par Madeleine Brunelet

Pour Molène.
A. L.

Pour Flore, Nils et Iris.
Merci à Charlotte et Sébastien
M. B.

Père Castor ■ Flammarion

© Flammarion 2006 – Imprimé en France
ISBN : 978-2-0816-3080-2 – ISSN : 1768-2061

Tinnkiri était une petite fille pleine de vie,
qui habitait dans un village du désert australien.
Chaque jour, elle voyait le soleil apparaître derrière la colline
et elle demandait à sa mère :
– Maman, qu'y a-t-il derrière cette colline ?
Et chaque jour sa mère lui répondait :
– Derrière la colline, il y a le Grand Désert,
un endroit qui n'est pas fait pour les petites filles.
Seuls les adultes peuvent s'y aventurer car c'est un monde dangereux
pour qui ne connaît pas ses secrets.
Un jour, tu pourras toi aussi aller au-delà de la colline.
Mais avant, il te faut grandir et écouter les Anciens :
ils ont beaucoup de choses à t'apprendre.

Mais Tinnkiri n'écoutait jamais personne.
Elle préférait jouer avec ses amies et n'en faire qu'à sa tête.

Un jour elle s'aventura en dehors du village,
mais sa mère la rattrapa
et la ramena fermement par le bras en lui disant :
– Ne t'éloigne jamais plus, c'est beaucoup trop dangereux.
Je vais te dire ce qu'il y a derrière la colline :
il y a Pangkalangou, l'ogre à la peau de lézard,
qui dévore les enfants perdus.

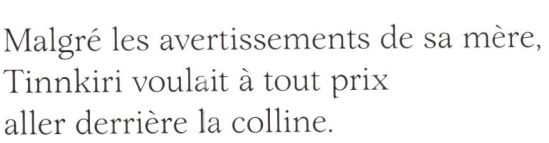

Malgré les avertissements de sa mère,
Tinnkiri voulait à tout prix
aller derrière la colline.

Elle proposa à ses amies Yelpi et Mima
de tenter l'aventure avec elle.
Les deux fillettes se montrèrent
peu enthousiastes à son idée.
– Nous sommes encore trop jeunes,
dit la sage Yelpi, nous ne saurons pas
nous débrouiller seules dans le désert.
Et puis il y a Pangkalangou.
– C'est vrai, poursuivit Mima.
Il a déjà enlevé des enfants
et les a mangés tout cru.
– Vous n'êtes que deux froussardes !
se moqua Tinnkiri.
L'ogre à la peau de lézard ?
Ce n'est qu'une histoire pour faire peur aux enfants !
Puisque c'est comme ça, j'irai toute seule !

L'occasion se présenta quelques jours plus tard.
Toutes les femmes du village étaient parties ramasser des oignons sauvages
et les hommes étaient occupés à dresser des chevaux.
Tinnkiri en profita pour se mettre en marche.
– Où vas-tu de si bon matin ?
lui demanda le vieux Tjilpi, qui était assis sous un arbre.
– À la crique ! mentit Tinnkiri.
– Ne va pas plus loin ! lui cria le vieil homme.

Tinnkiri avait maintenant dépassé la crique
et se trouvait face à la colline.
Une énorme joie envahit son cœur :
« Ça y est, se dit-elle fièrement.
Dans quelques minutes,
je serai en haut de cette colline,
et je verrai enfin ce qu'il y a derrière. »

Et elle s'élança, légère, à l'assaut du mont.
Une volée d'oiseaux du désert
salua son arrivée au sommet.
Et ce qu'elle découvrit alors l'émerveilla :
un horizon sans fin où se détachaient,
ici et là, la silhouette d'un arbre
ou un tapis de fleurs rouges.

Elle s'assit et regarda longtemps ce paysage extraordinaire.

Le silence fut soudain interrompu
par un bruit étrange
qui venait du ventre de Tinnkiri.
Elle sourit :
« J'ai faim et je n'ai pas pensé
à emporter de la nourriture.
Mais ce n'est pas grave !
En descendant de l'autre côté,
je trouverai bien de quoi manger ! »

Elle dévala la pente et, arrivée dans le bush,
elle se mit à la recherche de bananes
et de tomates sauvages.

Mais de ce côté de la colline,
aucun arbre fruitier ne poussait.

Le soleil était maintenant à son zénith.

Tinnkiri, exténuée par la faim et la soif, décida de se reposer à l'ombre d'un acacia.

– Bonjour petite fille, lui dit un oiseau perché sur une branche. Que fais-tu ici ?

– Je suis Tinnkiri et je suis venue découvrir
ce qu'il y a derrière la colline. Et toi, qui es-tu ?

– Je suis Nyii-Nyii, le pinson zébré,
et j'habite dans cet arbre.
– Nyii-Nyii, sais-tu où je pourrais
trouver à boire et à manger ?
– Mais ici même ! J'ai souvent vu
les femmes de ton village
écraser les graines de mon arbre
pour obtenir de la farine
avec laquelle elles faisaient des galettes.
– Hélas ! soupira Tinnkiri.
Je ne sais pas faire cela.
Je n'ai pas encore appris.

Le soleil déclinait à l'horizon
quand Tinnkiri se remit à marcher.
Soudain, quelque chose bougea sous ses pieds.
Un gros lézard venait de slalomer entre ses jambes.
Elle courut après lui et plongea pour l'attraper.
Mais le lézard, plus rapide, disparut dans son trou.

« Zut ! pesta Tinnkiri.
Comme j'aurais aimé faire rôtir ce gros lézard !
Papa, lui, aurait su comment l'attraper
et maman aurait su où trouver de l'eau.
Mais moi, je ne sais rien ! »
En pensant à ses parents,
la petite fille s'effondra en larmes.
Puis elle se releva et dit tout haut
pour se donner du courage :
— Je vais retourner au village et m'appliquer
à apprendre toutes ces choses.

Tinnkiri se mit en route, mais très vite elle dut se rendre à l'évidence :
elle était bel et bien perdue, et la nuit commençait à tomber.

Elle se réfugia sous un arbre et elle essaya de faire un feu
en frottant un morceau de bois sur une écorce d'acacia,
mais n'y réussit pas.
« Je l'ai vu faire tant de fois, se dit-elle. Pourquoi je n'y arrive pas ? »
Alors elle comprit qu'elle allait passer la nuit sans lumière ni chaleur.

Un cri soudain déchira la nuit.
« Riri ! Riri ! Riri ! » semblait dire le vent.
– Quelqu'un m'appelle ! J'y vais.
s'exclama Tinnkiri, reprenant espoir.
Des lumières apparurent à l'horizon.

Mais alors, les paroles de Mima
lui revinrent à l'esprit :
« La ruse favorite de l'ogre Pangkalangou
est de faire de grands feux
pour attirer les enfants. »

Terrorisée, Tinnkiri n'osa plus bouger.
Elle se blottit contre l'arbre
et tenta de rester éveillée
pour ne pas être emportée par l'ogre.

Mais au petit matin, épuisée,
elle finit par s'endormir.

Dans son sommeil, Tinnkiri entendit une voix qui disait :
– Elle est ici ! Venez-vite !
On aurait dit celle de son père. Elle ouvrit doucement les yeux.
Sa mère était penchée vers elle.
– Maman ! Maman ! C'est vraiment toi ? Comment m'avez-vous retrouvée ?
– Tjilpi t'avait vue aller vers la crique et de là, ton père a suivi tes traces.
Nous avons allumé de grands feux dans l'espoir qu'ils te guident vers nous.
Nous avons crié ton nom dans le vent, mais tu n'as pas répondu.

Tinnkiri se blottit contre sa mère tendrement.
– Tu as froid, constata celle-ci.
Je vais faire du feu pour te réchauffer.
– Et tu dois avoir faim, ajouta son père.
Je vais chercher quelque chose à manger.

Assise entre ses parents, Tinnkiri promit
de ne plus jamais aller seule au-delà de la colline.
Elle attendrait d'avoir appris tout ce que
les Anciens avaient à lui enseigner.

Imprimé par Pollina, Luçon, France - L69180 - 08 - 2014 - Dépôt légal : septembre 2006
Éditions Flammarion (N° L.01EJDNFP3080.C007), 87, quai Panhard et Levassor, 75647 Paris cedex 13
Loi n°49 - 956 du 16 juillet 1949 sur les publications destinées à la jeunesse